Oetinger

Kirsten Boie, 1950 in Hamburg geboren, studierte dort Germanistik und Anglistik und arbeitete als Lehrerin. Inzwischen sind von ihr weit mehr als hundert Bücher erschienen und in zahlreiche Sprachen übersetzt worden. Kirsten Boie gehört zu den renommiertesten deutschen Kinderbuchautoren und wurde für ihr Gesamtwerk mit dem Sonderpreis des Deutschen Jugendliteraturpreises ausgezeichnet.

Maja Bohn, 1968 in Rostock geboren, arbeitete im Berliner Buchhandel und Verlagswesen, bevor sie an der Kunsthochschule Berlin-Weißensee Kommunikationsdesign studierte. Seit 2002 arbeitet sie als freiberufliche Illustratorin und Autorin für das In- und Ausland. Ihre Kinderbücher wurden mehrfach ausgezeichnet.

Kirsten Boie

Thabo und Emma

Mit Bildern von Maja Bohn

Verlag Friedrich Oetinger · Hamburg

Inhalt

Thabo und Emma
Der Wassertank-Raub

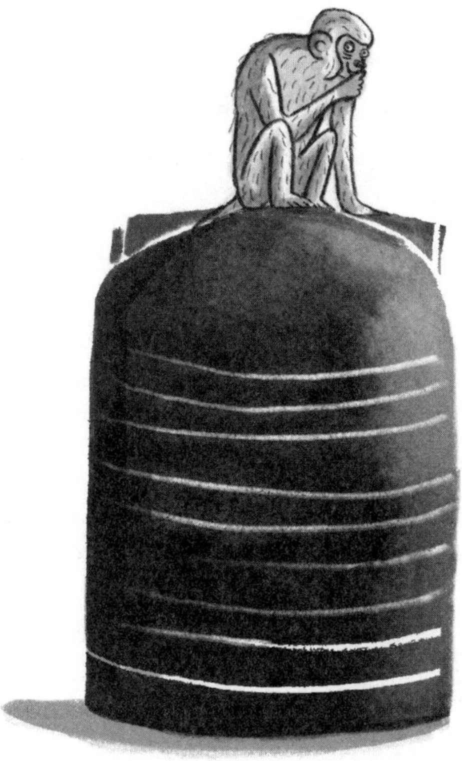

1.

„Emma!“, zischt Thabo. „He, Emma! Komm mal her!“ Er steht hinter der Terrassenmauer des Hotels Lion Lodge. Da sitzen jetzt die ersten Gäste bei einem frühen Abendessen. Und an einem Tisch mitten dazwischen sitzt seine beste Freundin Emma mit einer Cola und liest. Emmas Mutter gehört nämlich das Hotel.

Jetzt guckt Emma endlich hoch. „Komm du doch zu mir!“, sagt sie und liest einfach weiter. „Voll spannendes Buch!“

Thabo guckt sich ein bisschen ängstlich um. Er weiß ja, dass Emmas Mutter böse wird, wenn die Kinder auf der Terrasse die Gäste stören. Dann schreiben die Gäste vielleicht eine schlechte Bewertung über das Hotel im Internet. Aber er muss Emma unbedingt etwas erzählen.

Thabo lässt sich auf den Stuhl neben Emma fallen. „Es werden schon wieder überall Wassertanks geklaut!“, flüstert er. „Fünftausend-Liter-Tanks! Hat Onkel Vusi erzählt! Neulich in Hluti und dann in Hhuhhuma und Ncifi und Nkwayela! Emma! Hörst du mir überhaupt zu?“
„Was?“, sagt Emma. Jetzt klappt sie ihr Buch endlich zu. „Echt? Das ist garantiert eine Bande! Logisch.“
„Zweimal ist in der Nähe ein weißer Bakkie mit einer Beule in der Beifahrertür gesehen worden!“, sagt Thabo.

„Wahrscheinlich haben die Gangster damit die Tanks transportiert!“

Am Nebentisch hat eine Frau das Gespräch belauscht. Und das ist ihr wohl noch nicht mal peinlich! „Schlimm, was es hier für Verbrechen gibt, Markus!“, sagt sie jetzt zu ihrem Mann und macht ein empörtes Gesicht.

„Hast du gehört? Da müssen wir aber noch sehr viel vorsichtiger sein, dass wir nicht auch bestohlen werden!“

Ihr Mann schneidet sich noch ein Stück von seinem Steak ab. Dann kaut er und nickt. „Ich hatte dich ja gleich vor Afrika gewarnt!“, sagt er mit vollem Mund. Das ist ihm auch nicht peinlich. „Wir hätten nach Dänemark fahren sollen.“

Thabo und Emma haben ihn trotz der Kauerei verstanden.

Emma guckt wütend und Thabo kann sie gerade noch am Arm packen. Sonst wäre sie bestimmt gleich aufgesprungen und hätte die Gäste angebrüllt. Und das geht eben nicht. Was sagt denn dann ihre Mutter?
„Emma!“, zischt Thabo warnend.
Emma sinkt zurück auf ihren Stuhl. „Die haben doch keine Ahnung!“, flüstert sie.
Thabo nickt. „Nee, Touristen!“, sagt er abschätzig. „Aber wegen der Wassertanks …“
„Ja, das ist jetzt wichtiger!“, sagt Emma. „Denkst du mal ganz schnell nach, wie wir das Verbrechen aufklären können, Superdetektiv Thabo?“

Thabo und Emma haben nämlich schon viele Verbrechen aufgeklärt.

Thabo nickt. „Du aber auch, Superdetektivin Emma!“, sagt er. Dann steht er auf. „Ich muss nach Hause!“, sagt er. „Guck mal, es wird schon dämmerig! Lala kahle, Emma!“

2.

Das weiß ja jeder, dass man in der Dämmerung und in der Dunkelheit nicht draußen unterwegs sein soll. Das ist viel zu gefährlich.

Gerade ist das elektrische Parkplatztor von Lion Lodge hinter Thabo zugefallen. Das Tor brauchen sie, damit nachts keine Einbrecher auf das Gelände des Hotels kommen. Und keine Tiere.

Aber draußen sind die Tiere natürlich immer noch unterwegs! Und Thabo möchte bestimmt keinem gefährlichen Flusspferd begegnen, zum Beispiel. Deshalb fällt er jetzt in einen leichten Trott. Er will schnell nach Hause.

Wie dumm die Frau eben war!, denkt er. Die versteht doch wirklich gar nichts! Wer Wassertanks klaut, bestiehlt deshalb doch noch lange keine Touristen!

Es gibt hier eben für die Einheimischen keine Wasserleitungen und auch keine Brunnen, und die Menschen müssen sich ihr Wasser darum aus den schmutzigen Flüssen holen. Aus denen trinkt das Vieh, und das Vieh pinkelt auch da rein, und es – Thabo zögert. Ja, es kackt auch in die Flüsse! Wer möchte das Wasser denn da trinken?

Und um es abzukochen, bräuchten die Menschen Holz, weil sie ja keinen Herd haben und auf offenem Feuer kochen; und Holz ist viel zu teuer.

Kein Wunder, dass Gangster mit gestohlenen Wassertanks ein super Geschäft machen können!

Thabo bleibt verblüfft stehen. Da vorne ist die Grundschule vom Heiligen Herzen Jesu – und wieso steht davor denn um diese Zeit ein Bakkie? Ein weißer Bakkie? Abends, wenn kein Mensch mehr in der Schule ist?
„Ein weißer Bakkie!“, flüstert Thabo und schleicht sich an. Wenn der Bakkie jetzt auch noch eine zerbeulte Beifahrertür hat …

„Eish!“, ruft er dann und hält sich sofort die Hand vor den Mund. Nach der Tür muss er gar nicht mehr gucken! Gerade schleppen drei Männer einen Wassertank zur Ladefläche. Den Wassertank der Grundschule!

Thabo zieht blitzschnell sein Handy aus der Tasche, schaltet den Blitz aus und macht ein Foto. Dann noch eins und noch eins.

Aber was beweist das schon? Weiße Bakkies gibt es Hunderte im Land, und die Verbrecher kann man auf den Fotos bestimmt nicht erkennen.

Mit zitternden Fingern drückt er die Kurzwahltaste für Emmas Nummer. „Emma?“, flüstert er. „Ich glaub, ich hab die Diebe! Sie sind bei der Schule! Sie haben grade den ersten Wassertank auf ihren Bakkie geladen!“ Dann schleicht er noch ein paar Schritte näher.

„Hast du die Nummer aufgeschrieben?“, ruft Emma auf der anderen Seite. „Fotografier das Nummernschild!“

Aber ein kurzer Blick auf den Bakkie zeigt Thabo, dass es nichts zu fotografieren gibt. Wo eigentlich das Nummernschild sein sollte, ist einfach nur eine leere Stelle.
„Abgeschraubt!“, flüstert er ins Telefon.
„Tsotsis!“, zischt Emma. „Ich ruf Inspector Gwebu an!“
„Bis der hier ist, sind die doch längst weg!“, flüstert Thabo.

Die Männer sind schon wieder auf dem Weg zum Schulgebäude. Bestimmt bringen sie gleich auch noch den zweiten Wassertank.

„Dann leg einfach dein eingeschaltetes Handy auf die Ladefläche!“, ruft Emma. „Dann kann die Polizei den Bakkie mit GPS aufstöbern!“
Thabo zögert. Und wenn sein Handy dann weg ist? Das kann er unmöglich riskieren! Sein Handy hat ihm seine alte Freundin Miss Agatha geschenkt.
„Ich fahr lieber selbst mit!“, flüstert er. Noch sind die Männer nicht zurück. Noch kann er gefahrlos auf die Ladefläche klettern.

„Du bist wahnsinnig, Thabo!“, ruft Emma. „Nicht! Tu das nicht! Wenn sie dich erwischen! Die bringen dich glatt um!“

Aber da hat Thabo sich schon hinter dem Tank in die dunkelste Ecke gekauert. „Ruf Inspector Gwebu an und sag ihm, er soll an der Schule anfangen, zu suchen!“, flüstert er. „Ich ruf ihn zwischendurch an und sag, wo wir gerade sind! Dann kann er uns folgen!“

„Thabo!“, brüllt Emma. „Cha, Thabo, nicht! Die Männer sind gefährlich!“

Aber darum kann Thabo sich jetzt leider nicht kümmern. Morgen haben die Kinder nun auch in dieser Schule kein sauberes Wasser mehr. Da muss man doch etwas tun! Solchen Schurken muss doch irgendwer das Handwerk legen! Und dieser Irgendwer ist Thabo. Sonst ist ja niemand da, der das tun könnte.

3.

„Bhekizizwe!“, ruft jetzt einer der Männer. „Kannst du gefälligst mal mit anpacken? Sollen Solomon und ich hier allein …“

Thabo presst sich in den Winkel zwischen Tank und Ladeflächenwand. Zum Glück ist es inzwischen richtig dunkel geworden. „Ich komm ja schon!“, sagt eine maulige Männerstimme. „Schleppen soll ich, fahren soll ich …“

Dann wird ein zweiter Wassertank auf die Ladefläche geschoben. Hinten steht er ein bisschen über, darum geht die Klappe jetzt nicht mehr zu.

Aber von Thabo hinter dem ersten Tank ist nun wirklich nichts mehr zu sehen.

Gleich danach springt der Motor an, und der Bakkie macht einen Satz nach vorne. Dann biegt er in die Straße nach Lavumisa. Thabo tippt Inspector Gwebus Nummer ein.
„Komm schon!“, flüstert Thabo. Aber Inspector Gwebu meldet sich nicht. Stattdessen sagt eine automatische Stimme: „Der gewünschte Teilnehmer ist nicht zu erreichen.“
„Verdammt, was soll denn das?“
Dann tippt Thabo eben Emmas Kurzwahltaste. Aber auch Emma nimmt nicht ab. Egal, wie lange er es klingeln lässt.

So ein Mist!, denkt Thabo. Jetzt könnte ich ihnen so schön sagen, wohin wir gerade fahren, und ausgerechnet jetzt gehen die beiden Idioten nicht ran!

In diesem Augenblick fährt der Bakkie durch ein tiefes Schlagloch. Davon gibt es ja viele auf den Straßen im Königreich. Alle Menschen sind daran gewöhnt und alle Autos auch. Aber für die beiden Wassertanks war das Schlagloch wohl zu tief. Vor allem für den hinteren Wassertank.

„Nein!“, ruft Thabo. Als der Bakkie durch das Schlagloch gerumpelt ist, ist der Wassertank ins Rutschen gekommen. Und weil die hintere Klappe nicht hochgeklappt war, rutscht er jetzt auch noch in Zeitlupe von der Ladefläche. Es gibt einen ziemlichen Knall, als der Tank auf der Straße aufschlägt.
„Nein!“

Und leider haben die Männer vorne in der Fahrerkabine den Krach auch gehört. Mit einer scharfen Bremsung kommt der Bakkie zum Stehen, und einer der Männer springt aus der Kabine.

„Was hast du denn jetzt schon wieder gemacht, Bhekizizwe?“, ruft er. „Guck dir das an! Da liegt unser schöner Tank! Wir können nur hoffen, dass er noch heil ist!“
Und ich kann nur hoffen, dass ihr mich jetzt nicht entdeckt!, denkt Thabo erschrocken.
Oh, Hilfe! Hilfe!

Inzwischen hat der Mann nämlich seine Taschenlampe eingeschaltet. Und Bhekizizwe, der jetzt aus der Kabine steigt, tut das auch. Da hilft Thabo die Dunkelheit ja gar nichts mehr!

4.

Bitte, Inspector Gwebu, geh ran!, denkt Thabo in Panik und gibt wieder Inspector Gwebus Nummer ein. Bitte, bitte, bitte, Inspector, geh ran! Was tu ich denn, wenn sie mich erwischen?

Aber aus dem Handy kommt nur wieder die Nachricht, dass der Teilnehmer nicht zu erreichen ist.
Und Thabo wird es ganz kalt. „Oh, Mist!“, murmelt er, und seine Stimme zittert. Aber er sagt es ganz leise. Die Diebe dürfen ihn doch nicht entdecken, bevor der Inspector und Emma wissen, wo er ist, und ihn retten können!

Inzwischen fährt der Bakkie ein Stück rückwärts, damit die Männer den heruntergefallenen Wassertank besser aufladen können. Dann kommt das Taschenlampenlicht näher.
„Am besten, du steigst auf die Ladefläche und ziehst kräftig, Solomon!“, sagt eine Stimme aus der Dunkelheit. „Ich schiebe den Tank von unten.“
„Okidoki, Boss!“, sagt der Mann, der Solomon heißt. Das Licht schwankt ein wenig, dann schwingt er sich auf die Ladefläche.

Hilfe! denkt Thabo und presst sich noch tiefer in den Winkel hinter dem ersten Tank. Hilfe, Hilfe, Hil…!
„Ja, wen haben wir denn da?“, brüllt Solomon. Inzwischen ist der zweite Tank wieder auf der Ladefläche angekommen, und Solomon ist um ihn herumgegangen, um ihn von hinten noch dichter an den ersten Tank

heranzuziehen. Und dabei ist das Licht seiner Taschenlampe genau in den Winkel gefallen, in dem Thabo kauert und zittert. „Da hockt ein Bengel, Boss!“

„Ein Bengel?“, fragt es von unten.

Aber Solomon hat Thabo schon am Arm gepackt. „Los, runter!“, brüllt er. „Los, los, los!“

Und in diesem Augenblick denkt Thabo an das Handy in seiner Hosentasche. Man darf niemals aufgeben!, denkt er. Wenn ich jetzt die richtige Kurzwahltaste erwische …
„Worauf wartest du?“, brüllt Solomon.
… und wenn Emma dann diesmal vielleicht rangeht ...
„Bleib gefälligst nicht stehen!“, brüllt Solomon wieder. „Runter!“

Am Rand der Ladefläche gibt er Thabo einen Stoß in den Rücken, dass der taumelt, als er hart auf dem Boden landet. Vor ihm stehen Bhekizizwe und der Gangster, der wohl der Boss ist, und starren ihn an.
… dann kann sie alles mithören!

Hört Thabo da wirklich etwas aus seiner Hosentasche? Wenn die beiden anderen das bloß nicht auch gehört haben! Er hat die richtige Taste erwischt! Und Emma ist rangegangen! Von jetzt an kriegt sie also alles mit, was hier passiert!

Jetzt muss Thabo nur noch ganz laut sagen, wo sie gerade sind. Wenn Emma schlau ist, begreift sie, was los ist, und kommt ihm zu Hilfe. Vielleicht sogar mit Inspector Gwebu!
„Hallo!“, ruft da der Boss. „Hast du mich nicht verstanden? Wer du bist, will ich wissen! Und was du auf unserem Wagen wolltest!“

Ich hab dich schon verstanden!, denkt Thabo. Und hoffentlich hat Emma dich auch verstanden! Hoffentlich ist das Mikro im Handy stark genug!
„Ich wollte nur …“, ruft Thabo. Er muss jetzt total laut sprechen, damit Emma ihn versteht!
„Ich will nach Lavumisa, und da fahren Sie doch hin? Dies ist doch die Straße nach Lavumisa? Ich dachte, da kann ich mitfahren!“
Oh, er ist schlau!

5.

Aber für den Boss ist er vielleicht nicht schlau genug.
„Wieso brüllst du denn so?“, fragt er wütend und gibt Thabo einen Schubs. „Glaubst du, ich bin schwerhörig?“

Thabo starrt ihn an. Das ist es! „Sie müssen lauter reden!“, ruft er. „Damit ich Sie verstehen kann! Ich kann schlecht hören! Das ist doch die Straße nach Lavumisa?“
Wenn Emma das nicht gehört hat, weiß er wirklich nicht mehr, was er tun kann. Wo er doch so gebrüllt hat! Aber da antwortet der Boss ihm schon. Und wirklich, er brüllt auch! Also hat er Thabo geglaubt, dass er schwerhörig ist!

„Natürlich ist das die Straße nach Lavumisa!“, brüllt der Boss. „Oder wo liegt Hluti wohl sonst, Bengel? Und wo sind wir wohl grade?“
„Darf ich dann weiter mitfahren?“, schreit Thabo. So laut, dass sie ihn bestimmt bis Lion Lodge hören können. Und jetzt weiß Emma sogar genau, wo der Bakkie gerade ist!

Aber da schaltet sich Bhekizizwe ein. Vielleicht ist er nicht der Boss, aber bestimmt ist er trotzdem der Schlaueste von den dreien.
„Boss!“, sagt er leise „Ich traue dem Jungen nicht! Wir wissen doch gar nicht, was der alles gesehen hat! Wenn der uns nun verpfeift?“

„Ich hab nichts gesehen!“, ruft Thabo in Panik. Aber sofort weiß er, dass das ein Fehler war. Der schlimmste Fehler von allen.

„Ah, das konntest du also verstehen!“, zischt der Boss. „Obwohl du so schwer hören kannst? Obwohl das so leise war? Du willst uns reinlegen, Bengel! Du hast uns ausspioniert! Solomon, fessel ihm die Hände!“

Und wieder ist Bhekizizwe schlauer als sein Boss.
„Aber vorher gucken, ob er auch kein Handy hat, Boss!“, sagt er. „Damit er nicht noch jemandem Bescheid gibt!“

Thabo zieht sein Handy blitzschnell aus der Tasche und hält es ihm hin. So kann er vorher wenigstens noch auflegen. Nicht dass die beiden noch merken, dass sie abgehört worden sind!
Der Boss greift sofort danach. „Keiner dran, gut!“, sagt er zufrieden. „Und du steigst jetzt wieder auf die Ladefläche, Bengel! Solomon, fessel ihm auch die Füße! Damit er nicht runterspringen und abhauen kann. Und für alle Fälle einen Knebel in den Mund!“

Thabo stöhnt. Er steigt zurück nach oben und lässt sich fesseln. Widerstand wäre sinnlos, das weiß er. Die Männer sind stärker als er, und bestimmt haben sie auch eine Waffe.

Jetzt kann er nur noch hoffen, dass Emma alles gehört hat. Und dass Inspector Gwebu informiert ist. Und dass die beiden unterwegs sind, um ihn zu befreien.

Da rollt der Bakkie schon wieder los. Und jetzt fährt er so schnell, dass Thabo weiß: Mit den Fesseln an seinen Füßen kann er unmöglich herunterspringen. Das wäre lebensgefährlich.

6.

Allmählich verliert Thabo alle Hoffnung. Hat Emma ihn doch nicht gehört? Die Dunkelheit ist inzwischen so dicht, und die Scheinwerfer erleuchten nur so ein kleines Stück der Straße, dass der Bakkie immer wieder ganz plötzlich scharf abbremsen muss, weil eine Kuh mitten auf der Straße liegt und schläft oder hinter einer Kurve ein Fahrzeug ohne Licht am Straßenrand steht. Dann wird Thabo jedes Mal gegen den Tank geschleudert, hinter dem die beiden Gangster ihn versteckt haben.

Eish, Emma!, denkt er. Eish, Inspector Gwebu! Wo bleibt ihr denn? Hinter Lavumisa liegt gleich die Grenze zu Südafrika, und wenn die Gangster mit ihm erst mal in einem anderen Land sind, können Inspector Gwebu und die Polizei des Königreichs ihm nicht mehr helfen! Und wer weiß denn, was die Verbrecher dann mit ihm machen!

Thabo wird es ganz kalt. Die Gangster können ihn schließlich nicht laufen lassen! Dann müssten sie ja immer fürchten, dass er sie verpfeift. Aber was können sie denn sonst mit ihm anstellen, um ihn zum Schweigen zu bringen? Daran darf er gar nicht denken.

In diesem Augenblick sieht er durch das Gitter an der Seite der Ladefläche blinkende Lichter weiter vorne am Straßenrand. Ist das vielleicht eine Verkehrskontrolle? Das wäre so ein Glück!

Dann wird der Bakkie vielleicht von der Polizei angehalten, und dann brüllt Thabo aus voller Kehle, und dann entdecken ihn die Polizisten hinter den Tanks …

Dann fällt ihm ein, dass er gar nicht brüllen kann. Schließlich hat er einen Knebel im Mund.

7.

Der Bakkie wird langsamer.
„Verkehrskontrolle!“, sagt tatsächlich eine Stimme. Ein Polizist in Uniform stellt sich an die Fahrertür. „Ihre Papiere bitte!“
„Mpf!“, grunzt Thabo hinter den Tanks. „Mpf!“ Aber schreien kann er eben wirklich nicht. Der Knebel erstickt jeden Laut.
„Wohin sind Sie unterwegs?“, fragt der Polizist.

Oh, bitte, bitte, leuchte doch mal die Ladefläche ab!, denkt Thabo. Dann entdeckst du mich! Und dann …
„Wir bringen Tanks zur Grundschule in Lavumisa!“, sagt der Boss. „Wir sind schon spät dran! Wir sind zwischendurch aufgehalten worden, die Schulleiterin ist bestimmt schon wütend!“

Der Polizist nickt und schwenkt seine Taschenlampe kurz über die Tanks. Aber nicht so tief, dass er Thabo auf dem Metallboden der Ladefläche dahinter sehen könnte.
„Dann ist ja alles in Ordnung!“, sagt er und legt eine Hand an die Mütze. „Gute Fahrt! Sie können weiterfahren!“
„Mpf!“, brüllt Thabo verzweifelt noch einmal. „Mpf!“ Aber natürlich bleibt sein Schrei immer noch stumm.
Vorne springt der Motor an. Das war es dann also.

8.

In diesem Augenblick kommt ihnen aus der entgegengesetzten Richtung mit rasender Geschwindigkeit ein Auto entgegen, da dreht sich Blaulicht auf dem Dach, und jetzt geht plötzlich auch die Sirene an. Dann kommt ein Polizeiauto mit quietschenden Reifen zum Stehen. Direkt vor der Straßensperre hat es sich quer gestellt. Der Bakkie hat keine Chance, daran vorbeizufahren.
Und dann wird von innen auch schon die Beifahrertür aufgerissen, und wer springt nach draußen?

„Emma!“, ruft Thabo. Jedenfalls will er das rufen. Was er in Wirklichkeit ruft, ist natürlich wieder ein stummes: „Mpf!“
Aber das ist jetzt auch ganz egal. Während auf der Fahrerseite Inspector Gwebu aus seinem Wagen steigt (nicht ganz so schnell wie Emma), hat Emma schon ihr Flashlight

eingeschaltet und ist zur Ladefläche gesprintet. „Thabo?“, ruft sie. „Hallo, Thabo, bist du hier?“
„Mpf!“, macht Thabo. „Mpf, mpf, mpf!“
Und Emma ist inzwischen schon oben auf der Ladefläche, da hat sie ihn entdeckt. „Na, was das wohl für eine Sprache sein soll!“, sagt sie und schüttelt den Kopf. Dann zieht sie ihm den Knebel aus dem Mund. „Sprichst du seit neuestem Ausländisch? Spanisch? Oder Norwegisch? Oder Ndebele?“

„Silima!“, sagt Thabo. „Idiotin!“ Dabei hat er sich noch nie in seinem Leben so sehr gefreut, Emma zu sehen. Aber „Danke!“ kann er später immer noch sagen.
Und natürlich hat Emma auch ihr Taschenmesser dabei. Darum ist Thabo auch ruckzuck seine Fesseln los.

„Komm mit!“, sagt Emma und winkt ihn nach vorne. „Falls Inspector Gwebu es alleine nicht schafft, die Gangster festzunehmen!“

Aber da müssen sie sich keine Sorgen machen. Schließlich sind ja auch noch die Polizisten von der Verkehrskontrolle da. Und als die sehen, dass der Inspector seine Waffe auf die Männer in der Fahrerkabine des Bakkies richtet, kommen sie sofort dazu.

„Sie haben nicht nur die Wassertanks geklaut, sie haben auch noch Thabo gekidnappt!“, ruft Emma und hebt zum Beweis den Knebel und die durchgeschnittenen Fesseln hoch. „Er lag hinter den Tanks!“

„Na, Jungs, das bedeutet Ärger!“, sagt Inspector Gwebu freundlich zu den Verbrechern. „Ts, ts, ts! Kommt mal raus aus eurem Wagen, damit die netten Kollegen hier euch bösen Buben Handschellen anlegen können.“
„Das Mädchen lügt!“, ruft der Boss. „Wir haben niemanden gekidnappt!“

„Ach, und wo kommt der Junge dann so plötzlich her?“, fragt Inspector Gwebu. „Haben den die Geister hergezaubert? Emadloti? Oder waren das gleich Umtsakatsi, gemeine Zauberer?“

Da schnappen die Handschellen auch schon zu. „Das könnt ihr alles dem Richter erzählen. Und jetzt hopp, hopp, hopp zu den Kollegen in den Mannschaftsbus!“

Die Polizisten führen die Gangster ab, und Thabo reibt sich seine Handgelenke.

„Das war klasse mit deinem Handy, Thabo!“, sagt Emma. „Clever! Ein Glück, dass du mich angerufen hast! Da konnte ich Inspector Gwebu genau sagen, wo er den Bakkie finden kann!“
Thabo nickt. „Ngiyabonga, Inspector Gwebu, dass Sie mich gerettet haben!“, sagt er höflich.
Inspector Gwebu winkt ab, als würde er solche Kleinigkeiten jeden Tag erledigen.

„Ja, das war ein kluger Schachzug von mir!“, sagt er zufrieden. „Nach diesen Tsotsis suchen wir schon monatelang! Weil immer wieder Wassertanks gestohlen werden. Und wir hatten überhaupt keine Spur. Na, jetzt hab ich sie ja geschnappt.“ Und er wirft sich in die Brust und sieht vielleicht ein kleines bisschen selbstzufrieden aus.

„Ein guter Polizist ist eben ein guter Polizist! Da könnt ihr was lernen!“

Emma starrt ihn ungläubig an. Schließlich hätte er die Gangster ohne Thabos und ihre Hilfe ja niemals schnappen können! Aber so was vergisst Inspector Gwebu immer schnell.

Thabo verbeugt sich. „Ja, das haben Sie großartig gemacht!“, sagt er. Grinst er dabei vielleicht ein kleines bisschen? „Sie können sich gerne jederzeit bei uns melden, wenn es mal wieder ein Verbrechen aufzuklären gibt, Inspector Gwebu!“
Emma nickt. „Jederzeit!“, sagt sie.

Thabo und Emma
Ein böser Verdacht

1.

„Haltet den Dieb!“, brüllt der dicke Mann in den karierten Shorts, gerade als Thabo durch das Tor von Lion Lodge kommt. „Bleib stehen, du Gauner!“

Lion Lodge ist das Hotel in Lion Park, das Ms Wendy gehört. Und Ms Wendy ist die Mutter von Thabos bester Freundin Emma. „Aber ich bin doch kein Dieb!“, ruft Thabo erschrocken.

Dann sieht er, dass der Mann gar nicht zu ihm hinguckt. Der dicke Mann meint gar nicht Thabo. Er guckt zu Paki, und Paki ist der Schuhputz-Boy im Lion Lodge. (Komisch, dass es Schuhputz-Boy heißt. Paki ist nämlich in Wirklichkeit ein erwachsener Mann. Sogar ein ziemlich alter.)

Jetzt gerade packt der Mann in den karierten Shorts Paki am Arm. „Du bleibst hier, Bürschchen!“, brüllt er. „Das hast du dir wohl so gedacht, was? Brieftaschen klauen?“

Thabo bleibt stehen. Wieso denn Paki?, denkt er. Paki ist doch genauso wenig ein Dieb wie ich! Paki ist doch der ehrlichste Mensch unter der Sonne!
Aber jetzt sieht Thabo, dass der Mann Paki etwas aus der Hand reißt. „Da haben wir ja den Beweis!“, brüllt er.
Das Etwas in Pakis Hand ist eine Brieftasche.

2.

Aus dem Büro neben dem Hoteleingang kommt jetzt Ms Wendy gelaufen. Natürlich hat sie den Lärm auch gehört.

„Was ist denn hier los, Mister Brown?“, ruft sie.

Aber da muss sie gar nicht lange fragen. „Der hier!“, ruft Mister Brown und zerrt Paki am Arm zu ihr hin. „Der hier hat meine Brieftasche gestohlen!“ Und mit der anderen Hand schwenkt Mister Brown eine schwarze Brieftasche durch die Luft. „Beim Frühstück war ich nur einen Augenblick am Büfett und habe sie auf dem Tisch liegen lassen! Und hinterher war sie weg! Und der hier hat sie genommen!“ Er schnauft. „Das hier ist der Beweis! Der Schurke hatte sie in der Hand!“

„Oh!“, sagt Ms Wendy und guckt Paki erschrocken an. „Paki, was hast du dazu zu sagen?“

„Ich war es nicht, Ms Wendy!“, ruft Paki. „Ich hab …“
„Warum fragen Sie den denn überhaupt noch?“, ruft Mister Brown. Inzwischen ist er ganz rot im Gesicht. Vielleicht vor Wut. Oder vielleicht vor Aufregung. Thabo kann nur hoffen, dass er nicht gleich einen Herzschlag kriegt. „Es ist doch klar, dass der Gauner lügt! Der versucht natürlich, sich rauszureden!“

Ms Wendy sieht unglücklich aus. Sie will sich nicht mit ihren Gästen streiten. Sonst kommen die vielleicht nie wieder. Oder posten eine schreckliche Bewertung über ihr Hotel im Internet. Darum ist Ms Wendy immer freundlich zu ihren Gästen. Und natürlich ist Mister Brown ein Gast von Lion Lodge.

„Paki?“, fragt sie trotzdem.
„Ich hab die Brieftasche nur gefunden!“, flüstert Paki. „Ganz hinten im Garten! Ich wollte sie gerade ins Büro bringen!“
„Das kann doch sein!“, ruft Thabo. „Bitte, Sir!“ (Thabo ist auch immer höflich zu Ms Wendys Gästen. Auch wenn sie sich grässlich aufführen.) „Vielleicht haben Sie sie ja verloren? Vielleicht ist sie Ihnen einfach aus der Tasche gerutscht?“

Aber jetzt wird Mister Brown richtig wütend. (Noch röter kann sein Gesicht trotzdem nicht mehr werden.) „Dürfen sich bei Ihnen Kinder einmischen, wenn Erwachsene reden?“, ruft er. „Du redest Blödsinn, Junge! Ich war niemals hinten im Garten! Alles Lüge!“

Mit zitternden Fingern klappt er die Brieftasche auf. „Und bitte sehr, hier!“, ruft er. „Sie ist leer! Das Geld hat der Gauner schon rausgenommen! Wo hast du mein Geld versteckt, Schurke?“

Und tatsächlich ist die Brieftasche so leer wie der Tümpel in Lion Park in der Trockenzeit. Paki zuckt unglücklich die Achseln. „Ich weiß es doch nicht, Sir!“, flüstert er. „Als ich sie gefunden habe, war schon nichts mehr drin!“ Der Mann schnaubt. Dann dreht er sich zu Ms Wendy. „Ich will, dass Sie die Polizei rufen!“, sagt er. „Jetzt. Sofort. Und diesen Kerl sperren wir so lange ein.“

Ms Wendy nickt. „Vielleicht ist es wirklich das Beste, Paki!“, sagt sie. Und sie winkt ihren Schuhputz-Boy in die Kofferkammer neben dem Eingang. „Ich rufe Inspector Gwebu an. Der wird schon alles aufklären.“
Und sie schließt die Tür hinter ihm ab.

3.

Inspector Gwebu!, denkt Thabo, als er eilig um das Gebäude herum und zu Emmas Zimmer läuft. Ausgerechnet Inspector Gwebu, ha! Der hat doch noch nie einen Fall aufgeklärt! Der kriegt doch immer alles durcheinander!
Das weiß Thabo nämlich, weil er selbst schon ein paar Fälle aufgeklärt hat. Und Inspector Gwebu war da immer auf der falschen Fährte.

Thabo klopft gegen Emmas Fenster. Emma sitzt auf ihrem Bett und hat Kopfhörer auf den Ohren.
„Emma!“, brüllt Thabo. „Bist du schwerhörig, oder was?“ Und jetzt klopft er so fest gegen die Scheibe, dass er selbst Angst kriegt, das Glas könnte gleich springen.

Da sieht Emma endlich hoch und nimmt die Kopfhörer ab. „Thabo!“, sagt sie und reißt das Fenster auf. „Mann! Was ist denn los?“
Thabo klettert zuerst auf die Fensterbank, dann springt er ins Zimmer.
„Alarm!“, sagt er. „Ein Gast behauptet, dass Paki seine Brieftasche geklaut hat!“
„Paki?“, fragt Emma und tippt sich an die Stirn. „Das ist doch Quatsch! Paki würde nie was klauen! Der legt den Gästen eher noch was hin!“

„Das musst du mir doch nicht sagen!“, sagt Thabo. „Aber Paki hatte wirklich die Brieftasche von einem Gast! Und die war leer!“
„Oh!“, sagt Emma und wirft sich wieder rückwärts auf ihr Bett. „Mist.“

Da erzählt Thabo ihr die ganze Geschichte.
„Und jetzt ruft meine Mutter Inspector Gwebu?“, fragt Emma.
Thabo nickt.

„Dann sitzt der arme Paki ja gleich im Polizeiposten Debedebe in der Zelle!“, sagt Emma. „Du weißt doch, wie idiotisch Inspector Gwebu immer ist!“

Thabo weiß nicht genau, ob man von einem Inspector sagen darf, dass er idiotisch ist. Selbst wenn es stimmt.

„Wir müssen ihm zuvorkommen!“, sagt er. „Los, Emma! Wenn wir den Fall aufklären, bevor Inspector Gwebu hier auftaucht, ist alles gut. Sonst kann einem der arme Paki nur leidtun!“

„Aber hallo!“, sagt Emma.

4.

„Warum schleichen wir eigentlich?“, flüstert Emma. Auf der Rückseite des Hauptgebäudes sind sie jetzt am Fenster der Kofferkammer angekommen. „Wir tun schließlich nichts Verbotenes!“

„Willst du, dass der Kerl uns erwischt?“, zischt Thabo. „Der Brown mit den karierten Shorts? Glaubst du, dann haben wir noch eine Chance, mit Paki zu reden?“

„Da hast du nun auch wieder recht“, murmelt Emma.

Aber eine Chance, mit Paki zu reden, haben sie vielleicht sowieso nicht. Paki ist schließlich in der Kofferkammer eingeschlossen, und das Fenster ist ziemlich

winzig. Außerdem liegt es hoch oben in der Wand.
„Mist!“, sagt Thabo.
Dabei muss Paki ihnen unbedingt als Erstes genau erzählen, wo er die Brieftasche gefunden hat. Und vielleicht weiß er ja auch sonst noch irgendwas. Aber wie sollen sie mit Paki reden, wenn sie nicht mal das Fenster erreichen?

„Los, komm her!“, zischt Emma. „Ich mach eine Räuberleiter!“
Thabo starrt sie an. Darauf hätte er ja auch selbst kommen können!
„Bist du sicher, dass ich dir nicht zu schwer bin?“, fragt er.
Aber Emma hat schon ihre Hände vor dem Bauch gefaltet. „Willst du mich beleidigen?“, sagt sie. „Wetten, ich hab mehr Muskeln als du?“
Darüber will Thabo sich jetzt nicht streiten. Er schleudert seine Flipflops von den Füßen. Ohne Flipflops tun seine Füße

Emma wenigstens nicht an den Händen weh.

„Okay, also los!“, flüstert er. Er stützt sich auf Emmas Schulter ab und setzt einen Fuß auf ihre Hände. Dann zieht er den zweiten Fuß nach und hält sich an der Hauswand fest. Jetzt kann er noch auf Emmas Schultern steigen. Und wirklich: Endlich ist der Blick durch das Fenster in die Kammer frei.

5.

Paki sitzt auf einem Koffer und hat den Kopf in die Hände gestützt. Armer Paki!, denkt Thabo. Mach dir keine Sorgen! Emma und ich helfen dir!
„Paki!“, flüstert Thabo. Mit den Fingerknöcheln klopft er gegen die Scheibe. Dann klopft er noch mal mit den Fingernägeln. Eins von beidem muss Paki doch hören! Das Flüstern hört er ja jedenfalls nicht.

Und tatsächlich hebt Paki jetzt den Kopf. „Thabo!“, ruft er. Das kann Thabo sogar durch die Scheibe hören, und das ist gar nicht gut. So laut darf Paki doch nicht sein! Schließlich soll niemand wissen, dass Thabo und Emma den Fall übernommen haben!
„Pst!“, flüstert Thabo und legt einen Finger auf die Lippen. Dabei kommt er leider ein bisschen ins Schwanken.

„Mann!“, flüstert Emma von unten. „Spielst du jetzt Zirkus oder was?“
„Kannst du nicht mehr?“, flüstert Thabo. „Sollen wir mal tauschen? Ich steh unten, und du kletterst rauf?“
„Spinnst du?“, flüstert Emma. „Bis Weihnachten halte ich mindestens durch!“

Aber Thabo hat nicht vor, bis Weihnachten auf Emmas Schultern zu stehen. Und das muss er auch gar nicht. Inzwischen hat sich Paki nämlich drinnen einen Koffer unter das Fenster gezogen und sich daraufgestellt. Und jetzt öffnet er das Fenster.
„Thabo!“, flüstert er. „Das ist sehr nett, dass du mich trösten willst!“
„Wieso nur Thabo?“, zischt Emma. „Zähl ich gar nicht?“
„Oh, Miss Emma!“, flüstert Paki. „Sawubona! Ich konnte dich nicht sehen!“
Thabo winkt ab. „Hör zu, Paki!“, sagt er leise. „Du musst uns jetzt genau erklären, woher du die Brieftasche hast! Wir kriegen schon raus,

wer der echte Dieb ist! Bevor Inspector Gwebu kommt!"
„Ja, wenn Inspector Gwebu kommt, sperrt er mich bestimmt gleich in seine Zelle im Polizeiposten Debedebe!", sagt Paki unglücklich. „Das wissen wir ja."

Einen Augenblick sind sie alle drei still und erinnern sich daran, wie Inspector Gwebu Thabos Onkel Vusi eingesperrt hat. Zum Glück konnten Thabo und seine Freunde Onkel Vusis Unschuld beweisen. Und das müssen sie jetzt bei Paki unbedingt auch wieder hinkriegen!

Pakis Gesicht leuchtet auf. „Ja, wenn du dich der Sache annimmst, Thabo!“, flüstert er. „Ngiyabonga, vielen Dank! Ich hatte ja ganz vergessen, dass du ein erfahrener Detektiv bist!“
„Und ich?“, zischt Emma von unten. „Zähl ich etwa gar nicht?“

Übrigens klingt sie inzwischen so, als ob sie sich doch freuen würde, wenn Thabo noch vor Weihnachten von ihren Schultern springt. Jedenfalls schnauft sie schon ganz schön.

6.

„Also, das war so!“, flüstert Paki. „Ich hatte vorhin alle Schuhe der Gäste geputzt und sie schon wieder überall vor die Unterkünfte gestellt. Und da dachte ich, ich mach eine kleine Pause.“ Er sieht schuldbewusst aus. „Ngiyacolisa, Entschuldigung, Miss Emma! Ich mache nicht viele Pausen! Eigentlich arbeite ich immer!“

„Jajaja!“, schnauft Emma. „Jeder braucht mal eine Pause! Ich auch gleich!“
„Darum bin ich ganz ans Ende des Gartens gegangen“, flüstert Paki. „Wisst ihr? Wo der große Marulabaum steht und der Korallenbaum. Ich wollte nämlich nicht …“ Er ist still.
„Was?“, fragt Thabo.
„Ich wollte nicht, dass mich einer sieht!“, flüstert Paki. „Wie ich Pause mache.“
„Ach so, ja, okay“, sagt Thabo. „Erzähl weiter.“

„Ja, und da lag sie dann also!“, flüstert Paki. „Die Brieftasche! Zuerst hab ich sie gar nicht gesehen. Ich hab mich unter den Marulabaum gesetzt und mit dem Rücken gegen den Stamm gelehnt. Dann hab ich die Augen zugemacht und hab versucht, ein bisschen einzuschlafen. Ngiyacolisa, Miss Emma!“

„Ja, und dann?“, schnauft Emma. „Bist du eingeschlafen?“
Paki schüttelt den Kopf. „Zu viel Krach!“, sagt er. „Die Affen! Die Vögel! Und dann noch Sipho Joyful mit dem Rasenmäher!“
„Sipho Joyful?“, flüstert Thabo. „Die alte Saufnase? Dem trau ich keine Sekunde über den Weg!“

Emma stöhnt. Natürlich, der Rasenmäher hat schon den ganzen Morgen irgendwo im Garten gebrummt. „War noch irgendwas, Paki?“, fragt sie. „Sonst kann Thabo ja mal runtersteigen. Der kriegt sonst noch Höhenangst!“
„Ich?“, ruft Thabo. „Höhenangst? Gib zu, dass du einfach mein Gewicht nicht mehr aushältst!“
Aber er hätte nicht so laut rufen sollen.

7.

„Was ist denn da los?“, fragt Thulile. Thulile sitzt eigentlich an der Rezeption von Lion Park und hat ein Diplom in Tourismus und Fremdenverkehr mit roter und goldener Schrift. Und sie kann sehr, sehr streng sein. Sogar Emma hat ein bisschen Angst vor ihr.

Und ausgerechnet Thulile kommt jetzt um die Ecke des Hauptgebäudes gerannt, weil sie den Lärm gehört hat, und starrt Thabo und Emma an. „Nichts ist los!“, ruft Emma, und Thabo springt von ihren

Schultern. „Gar nichts!"
„Was soll denn los sein?", ruft Thabo. Aber so leicht lässt Thulile sich nicht abwimmeln.

„Haltet ihr mich für dumm?", ruft sie. „Das ist doch das Fenster der Kofferkammer! Und in der Kofferkammer haben wir Paki eingesperrt! Also wolltet ihr Paki befreien, gebt es zu!"
„Befreien?", fragt Emma verblüfft und reckt und streckt sich. Bestimmt tun ihr ihre Schultern immer noch ein bisschen weh.
„Wen? Paki?", fragt Thabo und macht ein ganz unschuldiges Gesicht.
„Warum steht ihr denn wohl sonst hier unter seinem Fenster rum?", fragt Thulile. „Und warum ist das Fenster geöffnet? Ihr wolltet Paki da grade raushelfen, das ist doch klar!"
Thabo und Emma gucken zum Fenster hoch. Es ist so klein, dass sich höchstens eine Schlange durchschlängeln könnte.

Oder vielleicht auch noch ein Mungo.
Aber bestimmt kein Mensch! Schon gar nicht ein erwachsener Mann wie Paki.

„Für wie dumm hältst du uns, Thulile?“, fragt Emma. Sie lässt ihre Schultern kreisen.
Thabo war schließlich ziemlich schwer.

„Denkst du, wir glauben, dass da einer durchklettern kann?“

„Ja, also wirklich!“, sagt Thabo.

„Ich kenne euch!“, ruft Thulile. Zum Fenster guckt sie gar nicht hoch. „Ich kenne euch beide doch! Garantiert führt ihr etwas im Schilde!“

Und da hat sie ja nun auch recht.

8.

„Jetzt zum Marulabaum?“, fragt Emma, als Thabo und sie wieder vor dem Haupteingang stehen. „Mehr kann uns Paki wahrscheinlich sowieso nicht erzählen!“

Thabo nickt und fällt in einen leichten Trott. „Hast du das da unten auch mitgekriegt?“, fragt er. „Sipho Joyful war mit dem Rasenmäher unterwegs?“

„Sipho Joyful!“, sagt Emma, und es klingt wie ein Schimpfwort.

Sipho Joyful ist ein Kollege von Thabos Onkel Vusi, und er liebt das Marulabier mehr, als gut für ihn ist. Manchmal kann er nicht mal zur Arbeit kommen, so betrunken ist er. Dann müssen Onkel Vusi oder die anderen Ranger seine Safari-Touren für ihn übernehmen.

„Ja, der ist eine Saufnase“, sagt Thabo. „Aber glaubst du, dass er klaut?“

„Wenn er nicht mehr genug Geld für

Schnaps hat?“, sagt Emma. „Wenn er nicht mal mehr in die Shebeen gehen kann?“
Eine Shebeen ist eine verbotene Kneipe, in der die Getränke billig sind, das weiß Emma, und das weiß Thabo.
„Kann sein!“, murmelt Thabo. „Ja, wenn ich irgendwem zutrauen würde, dass er klaut, dann Sipho Joyful!“
Inzwischen hören sie das Brummen ziemlich laut, irgendwo in der Nähe des Pools. Der Rasenmäher!
Thabo guckt Emma an und Emma Thabo.
Dann laufen sie los.

9.

Sipho Joyful schiebt den Rasenmäher immer im Kreis um den Pool. Richtig rund ist der Kreis nicht. Und eigentlich sieht es ein bisschen so aus, als ob Sipho Joyful sich am Rasenmäher festhält, damit er nicht ins Torkeln gerät.

„Hallo, Sipho!“, ruft Thabo.
Sipho Joyful sieht hoch. Dann hört der Rasenmäher auf zu brummen. „Oh, hallo, Thabo!“, sagt er.
„Und hallo, Emma?“, sagt Emma und tritt einen Schritt näher an Sipho heran. „Zähl ich gar nicht?“
Dann schnuppert sie. „Wie ich rieche, hast du schon wieder gebechert, Sipho!“
„Gebechert? Was soll das heißen?“, fragt Sipho. Er hält sich wirklich am Rasenmäher fest.
„Schon so früh am Tag!“, sagt Emma. „Mann, Mann, Mann!“

„Und hast du vielleicht auch noch was anderes gemacht, Sipho?“, sagt Thabo. „Wo warst du denn, als die Gäste gefrühstückt haben?“
Sipho sieht verwirrt aus. Aber das ist ja kein Wunder bei einem, der sich schon so früh am Morgen aus dem Bottich mit dem Marulabier bedient hat.
„Hier war ich, Thabo Shongwe!“, ruft er, und er versucht, würdevoll zu klingen. „Ich war hier und hab gearbeitet! Yebo!“

In diesem Augenblick sieht Thabo es. Er bückt sich blitzschnell. Auf dem Rasen, gar nicht weit von Siphos Füßen entfernt, liegt ein Geldschein.

10.

„Tausend Emalangeni!“, ruft Thabo und schwenkt den Geldschein durch die Luft. „Da haben wir ja den Beweis!“

„Was?“, sagt Sipho Joyful und guckt verwirrt.

„Und da ist noch einer!“, ruft Emma und springt zum Pool. „Guck mal, Thabo! Im Wasser!“

Allmählich versteht Sipho wohl, was hier gerade vor sich geht und was die beiden von ihm wollen. Er kneift die Augen zusammen.

„Sind dir die aus der Tasche gefallen?“, ruft Thabo. „Gib’s zu, Sipho! Die Beute! Und du bist so beduselt, dass du gleich wieder alles verlierst!“

„Was du grade vorher geklaut hast!“, sagt Emma und schwenkt schon wieder einen Schein. „Los, komm mit zu meiner Mutter, Sipho! Am besten, du gestehst gleich alles!“

Auf einmal wirkt Sipho gar nicht mehr so betrunken. Jedenfalls schwankt er nicht mehr.

„Was sagt ihr da?“, ruft er. Sogar seine Stimme klingt jetzt ganz nüchtern. „Dass ich das Geld da geklaut habe? Dass es mir aus den Taschen gefallen ist?“ Jetzt guckt er böse. „Und ihr glaubt, ich hab alles sofort wieder verloren, was ich geklaut habe? Dass ich so blöde bin?“

Er zieht das Taschenfutter seiner beiden Hosentaschen heraus. Ein Schlüssel fällt auf den Boden. Viele Krümel. Aber kein Geld.
„Und was soll das beweisen?“, ruft Emma.
„Dass du kein Geld in der Tasche hast?“
„Das soll beweisen“, ruft Sipho, „dass ich kein Geld geklaut habe!“

Emma stampft mit dem Fuß auf. „Du hast dir Schnaps davon gekauft!“, ruft sie.
Aber jetzt schüttelt auch Thabo den Kopf.
„Das geht doch gar nicht, Emma!“, sagt er.
„Wann soll Sipho das denn wohl gemacht haben? Er war doch die ganze Zeit hier! Wir haben den Rasenmäher doch selbst die ganze Zeit gehört!“
„Er hat es irgendwo versteckt!“, ruft Emma.
„Wetten? Gib es zu, Sipho Joyful!“

Aber jetzt macht Sipho den Rasenmäher wieder an.
„Warum soll ich etwas zugeben, was ich nicht getan habe?“, sagt er böse. „Dann holt doch Inspector Gwebu! Bei so wenigen Beweisen sperrt mich nicht mal Quinton Gwebu ein!“
Und da ist natürlich etwas dran.
„Komm mit, Emma!“, sagt Thabo. „Lass ihn weiterarbeiten.“

11.

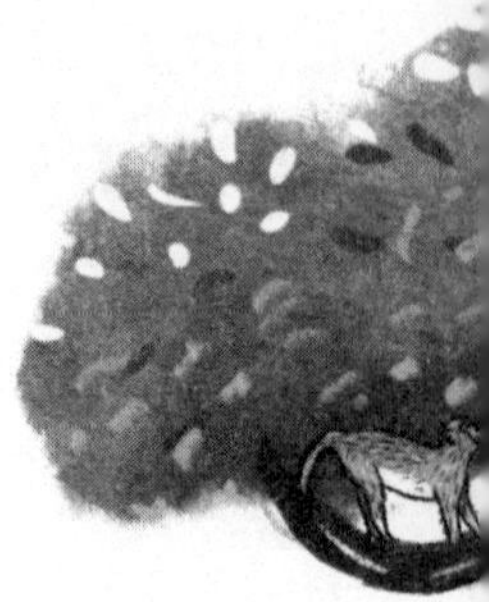

Am Ende des Gartens setzen sich die beiden unter den Marulabaum.

„Also!“, sagt Thabo. „Fassen wir zusammen!“
Emma nickt.
„Paki hatte die Brieftasche, das ist der stärkste Beweis“, sagt sie. „Das deutet darauf hin, dass er der Täter ist. Aber Sipho Joyful war in der Nähe, als Paki die leere Brieftasche gefunden hat.“
„Okay, also könnten es beide sein!“, sagt Thabo. „Sipho könnte die Geldscheine aus der Brieftasche genommen haben. Und danach hat er sie weggeworfen. Und Paki hat sie aufgesammelt.“
„Genau!“, sagt Emma. „Immerhin haben wir in Siphos Nähe drei Geldscheine gefunden.“
„Aber er selbst hatte keinen einzigen

Schein!“, sagt Thabo. „Das spricht gegen ihn als Täter.“

„Und Paki hatte die Brieftasche“, sagt Emma. „Das spricht für ihn als Täter.“

Sie sind beide still. Paki darf einfach nicht der Täter sein!

„Wer hatte ein Motiv?“, fragt Thabo. Das ist ja eine alte Detektiv-Weisheit: Wer das beste Motiv hat, ist meistens auch der Täter.
„Sipho!“, sagt Emma mit Überzeugung. „Der wollte sich Buganu kaufen.“
„Oder Paki!“, sagt Thabo. „Der muss sich um seine vier Enkel kümmern.“
„Vier Enkel kosten viel Geld!“, murmelt Emma.

Dann sind sie wieder still. Sie wollen einfach nicht glauben, dass Paki gestohlen hat.

12.

In diesem Augenblick kommt ein kleiner Wind auf.
„Regen!“, ruft Emma. „Erst Wind, danach Regen! Drück die Daumen, Thabo! Die Trockenheit hat lange genug gedauert!“
„Yebo!“, murmelt Thabo. Dann springt er auf. Ein Geldschein flattert an ihnen vorbei und landet sanft auf einem Pfeifenputzerstrauch. Und gleich danach kommt der nächste.

„Was ist denn hier los?“, ruft Thabo. Tatsächlich treibt der Wind jetzt noch zwei Geldscheine durch die Luft. Fünfzig Emalangeni. „Wieso flattert hier denn so viel Geld durch die Gegend?“

Emma ist inzwischen auch aufgesprungen. Sie hat die Geldscheine eingesammelt.

Und jetzt läuft sie herum und starrt auf den Boden, als ob sie Ostereier sucht. „Noch einer!“, ruft sie. „Aber nur ein Zehner!“

Thabo lässt sich langsam wieder auf den Boden gleiten.
„Das ist doch verrückt!“, murmelt er. „Sogar Sipho Joyful war doch bestimmt nicht so betrunken, dass er das Geld erst klaut und dann alles wieder verliert!“
Emma setzt sich neben ihn. „Nee“, sagt sie. „Glaub ich auch nicht.“
„Und wenn es Paki war, der das Geld für seine Enkel geklaut hat …“, sagt Thabo.
„Was wir beide nicht glauben!“, ruft Emma.
„… dann verliert er das doch auch nicht sofort wieder!“, sagt Thabo. „Das wäre doch unsinnig! Der würde doch darauf aufpassen wie ein Löwe auf seine Beute!“
Emma nickt.
„Aber wer war es denn dann?“, sagt sie nachdenklich. „Irgendwer muss es doch gewesen sein! Und auch sonst ist doch kein

Mensch so blöde, mit Geld um sich zu schmeißen."
In diesem Augenblick fängt irgendwer an, sie von oben mit Marulafrüchten zu bewerfen.

13.

„Lass das!“, ruft Thabo.
„Lass du das!“, ruft Emma.
„Ich war das doch nicht!“, ruft Thabo.
„Glaubst du etwa, ich?“, ruft Emma.
Dann starren sie einander an. Und dann starren sie hoch in den Baum.

„Emma!“, sagt Thabo, nachdem er aufgesprungen ist. „Das ist die Lösung!“
Emma zupft sich eine Frucht aus dem Haar. „Was ist die Lösung?“, fragt sie böse.

Thabo zeigt nach oben, wo in den Ästen des Marulabaums jetzt eine ganze Affenfamilie herumtobt. Die Kleinen klettern auf den Rücken der Mutter, dann hangeln sie sich von Ast zu Ast und verfolgen einander. Und zwischendurch rupfen sie unreife Früchte ab und schmeißen damit.
„Affen?“, ruft Emma. „Meerkatzen?“
„Natürlich!“, sagt Thabo und geht ein paar

Schritte vom Baum weg. „Überleg doch mal, Emma! Du weißt doch genauso gut wie ich, dass die Affen morgens immer zur Terrasse kommen, wenn die Gäste frühstücken!“

„Weil die Idioten sie füttern!“, sagt Emma. „Dabei hat meine Mutter überall Schilder aufgehängt, auf denen steht: Bitte nicht die Affen füttern! Aber diese Touristen sind ja so blöde!“

„Eben!“, ruft Thabo. „Da fühlen sich die Affen eben eingeladen! Und wenn die Gäste am Büfett sind, greifen sie auf den Tischen zu!“

Emma guckt wieder hoch in den Baum. „Ihr Schurken!“, ruft sie.

„Danach haben sie Mister Browns Brieftasche mit in den Marulabaum genommen“, sagt Thabo, „und haben sie geschüttelt.“
„Da ist das Geld rausgefallen!“, nickt Emma. „Und der Wind hat es durch die Gegend gepustet!“
„Und als die leere Brieftasche sie dann gelangweilt hat, haben die Affen sie einfach fallen lassen“, sagt Thabo. „Und Paki hat sie gefunden!“

Die beiden sehen einander an. „Fall mal wieder aufgeklärt!“, sagt Thabo. Dann klatschen sie sich ab.

14.

Als Thabo und Emma am Hauptgebäude ankommen, fährt auch Inspector Gwebu gerade auf den Parkplatz.
„Was hab ich da gehört?“, ruft er, als er noch nicht mal die Autotür hinter sich zugeschlagen hat. „Paki hat einem Touristen die Brieftasche gestohlen? Das sieht Paki gar nicht ähnlich!“ Er seufzt. „Aber er wurde im Besitz der Brieftasche angetroffen, habe ich gehört. Das ist ein Beweis. Ich nehme ihn erst mal fest. Im Polizeiposten Debedebe ist die Zelle zum Glück gerade frei.“

Haben Thabo und Emma das nicht geahnt?
„Nein, halt, Inspector Gwebu!“, sagt Thabo. „Emma und ich haben den Fall aufgeklärt! Es ist alles ganz anders!“
„Den Fall aufgeklärt?“, fragt Inspector Gwebu und kratzt sich am Kopf. Dafür hat er extra seine Polizeimütze abgenommen. „Ich habe

doch noch nicht mal eine Befragung des Verdächtigen durchgeführt!"
„Es gab sogar zwei Verdächtige!", sagt Emma. „Sipho Joyful auch noch!"
„Und keiner ist es gewesen!", sagt Thabo. Inspector Gwebu lehnt sich an seinen Polizeiwagen. „Wenn ich nicht wüsste, dass ihr Meister der Verbrechensaufklärung seid, würde ich euch gar nicht zuhören!", sagt er. „Aber ich habe natürlich schon oft genug erlebt, dass …" Er spricht den Satz nicht zu Ende.

Du hast schon oft genug erlebt, dass wir Verbrechen aufgeklärt haben, die du nicht aufklären konntest, denkt Thabo. Jajaja. Aber das kannst du natürlich nicht zugeben. Und ich bin ja höflich.
„Es waren die Affen!", sagt er darum nur, und Emma nickt heftig.

„Die haben Mister Brown die Brieftasche beim Frühstück vom Tisch geklaut, als er am Büfett war!“, sagt sie.
„Hm!“, sagt Inspector Gwebu. „Klingt einleuchtend!“
Da erklären Thabo und Emma ihm alles.

15.

Und sie sind gerade zum Ende gekommen, als Mister Brown angeschnauft kommt. „Die Polizei! Gott sei Dank!“, ruft er und wischt sich mit einem Stofftaschentuch den Schweiß von der Stirn. „Endlich! Sperren Sie den Verbrecher ein, Inspector! Vielleicht gesteht er dann, wo mein Geld ist!“

„Das können wir Ihnen sagen!“, sagt Thabo und zieht die Hände aus den Taschen. In beiden hält er Geldscheine. Emma tut das Gleiche. Sie haben um den

Marulabaum herum noch mal alles abgesucht. Da haben sie noch eine ganze Menge Scheine gefunden.
„Mein Geld!“, ruft Mister Brown und greift zu. „Woher habt ihr das?“
„Das werde ich Ihnen erklären!“, sagt Inspector Gwebu würdevoll. Und dann erklärt er Mister Brown alles, was Thabo und Emma gerade eben ihm erzählt haben. Nur dass es Thabo und Emma waren, die alles herausgefunden haben, sagt er nicht. Ein bisschen klingt es, als wäre alles sein Verdienst.

„Donnerwetter!“, ruft Mister Brown. „Na, gegen diese Affen muss dann aber mal jemand etwas unternehmen!“ Er starrt Inspector Gwebu an. „Aber alle Achtung, dass Sie den Fall so schnell aufgeklärt haben, Inspector!“
„Die Polizei des Königreichs bemüht sich immer, alles schnell zu regeln!“, sagt Inspector Gwebu.

„Die Polizei des Königreichs legt Wert darauf, dass die Touristen sich gut beschützt fühlen können!“ Dabei wirft er Thabo und Emma einen Blick zu, der bestimmt bedeuten soll: Wehe, ihr sagt, wie es wirklich war!
„Donnerwetter!“, sagt Mister Brown noch mal. „Ja, das hätte die Polizei bei uns in Amerika nicht besser machen können!“
„Vielleicht sollten wir dann Paki mal endlich aus der Kofferkammer holen!“, sagt Thabo böse.
Und das tun sie auch. Aber Mister Brown ist schon längst wieder auf dem Weg zu seiner Unterkunft.
„Und vielleicht sollten Sie sich auch mal bei Paki entschuldigen?“, brüllt Emma ihm hinterher. Aber natürlich tut Mister Brown, als ob er nichts gehört hätte.
„Touristen!“, sagt Thabo.
Inspector Gwebu räuspert sich. „Habe ich euch schon gesagt, wie stolz ich auf euch bin, Kinder?“, sagt er.

Thabo und Emma schütteln ihre Köpfe.
„Sie können sich gerne jederzeit bei uns melden, wenn es mal wieder ein Verbrechen aufzuklären gibt, Inspector Gwebu!“, sagt Thabo.
Emma nickt. „Jederzeit!“, sagt sie.

Thabo und Emma
Kriminalfall Schrottauto

1.

„Der Fahrer geht ab ins Gefängnis!“, ruft der Tourist und schlägt sich mit der Hand auf seinen Gips. Dann verzieht er schmerzhaft das Gesicht. Er sitzt auf der Terrasse des Hotels Lion Lodge und hat sein rechtes Bein auf einen Stuhl gegenüber gelegt. Sein Bein im blütenweißen Gipsverband. Außerdem hat er Schrammen im Gesicht, und seine Nase sieht schrecklich aus. Blaurot und geschwollen. „So ein Mörderfahrer! Unverantwortlich! Brettert Malagwane Hill runter mit Tempo zweihundert ohne jede Kontrolle über sein Fahrzeug! Bei all den Kurven! Rammt mich und mindestes noch drei Autos!
Zum Glück …“

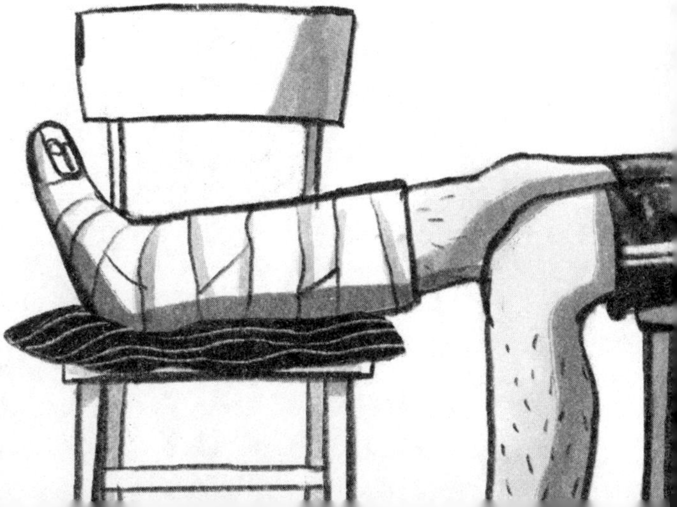

Thabo steht hinter der Terrassenmauer neben Emma. Wenn der Tourist so tobt, will er eigentlich lieber gar nicht in seine Nähe kommen. Aber Emmas Mutter muss ihm ja zuhören. Ihr gehört nämlich das Hotel Lion Lodge.

„Ich kann verstehen, dass Sie aufgebracht sind!“, sagt sie beschwichtigend. „Darf ich Ihnen vielleicht zum Trost etwas zu trinken bringen? Auf Kosten des Hauses?“

Aber der Tourist hat gar nicht zugehört. „Zum Glück ist er am Schluss selbst in die Leitplanke gedonnert!“, ruft er. „Diesen Fahrer verklage ich vor Gericht! Aber wird die Polizei den Fall überhaupt verfolgen? Ha! Da mache ich mir keinerlei Hoffnungen! Dies hier ist schließlich Afrika! Da kann man nicht mit Gerechtigkeit rechnen!“

Thabo macht einen wütenden Schritt auf den Touristen zu. Wieso darf der so was Gemeines über Afrika sagen? Aber so sind sie, die Touristen! Immer fühlen sie sich als etwas Besseres.

„Lass ihn, Thabo!“, zischt Emma und zieht ihn zurück. „Der hat grade einen schlimmen Unfall gehabt! Der ist noch nicht wieder klar im Kopf!“
„Trotzdem!“, sagt Thabo wütend. „Ich hör mir das nicht mehr an! Dann geh ich lieber nach Hause.“

Emma seufzt. „Du weißt doch, wie die Gäste oft sind!“, sagt sie. „Von nichts eine Ahnung! Aber fühlen sich trotzdem voll überlegen. Hamba kahle.“
Thabo nickt. „Bis morgen, Emma!“, sagt er. „Ich weiß auch nicht, warum die Weißen immer glauben, dass sie besser sind als andere.“

Dabei ist Emma natürlich selber weiß. Aber Emma ist Emma. Und Emma ist Thabos allerbeste Freundin.

2.

Thabo lebt bei seinem Onkel Vusi in Lion Park. Da ist Onkel Vusi Ranger und macht Jeep-Safaris mit den Touristen.

Um diese Zeit am Nachmittag sind die Ranger sonst immer alle unterwegs. Aber heute sitzt Sipho Godbless mitten während der Arbeitszeit draußen vor seiner Hütte auf einem Plastikgartenstuhl.

Und sein linkes Bein hat er vor sich ausgestreckt. Es steckt in einem blütenweißen Gipsverband. Thabo kneift die Augen zusammen.

„Sawubona, Sipho!“, sagt Thabo. „Heute ist wohl der internationale Tag des gebrochenen Beins! Eben in Lion Lodge hatte ein Tourist auch einen Gipsverband! Aber am rechten Bein!“

Sipho sieht zu ihm auf. „Mir ist gar nicht zum Lachen zumute!“, sagt er verzweifelt. „Ich hatte einen grässlichen Autounfall! Auf Malagwane Hill ist mein Auto plötzlich ins Rollen gekommen …“
„Auf Malagwane Hill?“, fragt Thabo erschrocken. Allmählich kommt ihm ein Verdacht. Malagwane Hill war lange Zeit die gefährlichste Straße der Welt. Sogar mit den meisten Toten pro Kilometer. Das stand im Guinnessbuch der Rekorde.

Und auch wenn sie jetzt asphaltiert ist und vier Spuren hat, ist sie doch immer noch höllensteil, und es gibt viele Kurven. Sipho nickt. „Ich hab ja gebremst!“, ruft er. „Ich hab immer wieder auf die Bremse getreten! Aber mein Auto ist trotzdem nur schneller und schneller geworden, und ich konnte es zum Schluss gar nicht mehr lenken!

Ich hab andere Autos angefahren, mit Wahnsinnstempo! Ich hatte so furchtbare Angst! Zum Glück hat mich dann die Leitplanke gebremst! Auch wenn mein Bein …" Er tippt auf den Gipsverband. „Zwei Rettungswagen mussten kommen, für mich und für einen anderen Fahrer, und die Polizei hat mein Auto abgeschleppt!"

Thabo kneift die Augen zusammen. Langsam verdichtet sich sein Verdacht. Zwei Männer mit Gipsbein! Auf Malagwane Hill! An einem Tag!

„Seit wann hast du überhaupt ein Auto, Sipho?“, fragt er vorsichtig. Er hat Siphos Auto noch nie gesehen. Und vor allem: Woher hat Sipho denn überhaupt so viel Geld, dass er sich ein Auto kaufen kann?
„Seit gestern!“, sagt Sipho verzweifelt. „Gestern gekauft, heute schon Schrott! Und all mein Erspartes verschwunden!“

Er guckt Thabo verzweifelt an. „Da war gestern ein Mann, der ist überall rumgegangen und hat gesagt, dass er günstig Autos zu verkaufen hat! Dubais!“ Thabo nickt. Dubais sind gebrauchte Autos, die meistens über die Stadt Dubai aus Europa nach Afrika kommen. Die meisten davon sind älter als Thabo. Manche sind vielleicht sogar älter als Onkel Vusi und echte Rostlauben. Aber dafür sind sie eben billig!

„Er hat gefragt, wie viel ich ausgeben kann!“, sagt Sipho. „Ich hab gesagt, 2000 Emalangeni, höchstens. Ich hab doch nie gedacht, dass ich dafür ein Auto kriege!“
Das hätte Thabo auch nicht gedacht. Für 2000 Emalangeni kriegt man sonst gerade mal 10 kg rote Bohnen. Aber doch kein Auto!
„Und zwei Stunden später war er schon wieder da!“, sagt Sipho. „Mit meinem Auto! Da hab ich es gekauft.“
„Für 2000 Emalangeni!“, sagt Thabo erschüttert.
Sipho nickt. „Ein Schnäppchen!“, sagt er. „Und heute wollte ich es dann gleich ausprobieren, und weil ich sowieso nach Mbabane musste …“

Mbabane ist die Hauptstadt. Und Mbabane liegt oben auf Malagwane Hill.
„Hingekommen bin ich ganz gut!“, sagt Sipho. „Aber als ich zurückfahren wollte …“
„Da haben die Bremsen nicht funktioniert!“, sagt Thabo.
Sipho nickt.
„Dann hat der dir doch Schrott verkauft!“, ruft Thabo.
Sipho guckt verzweifelt. „Wie soll ich das denn beweisen?“, ruft er. „An dem Unfall bin jedenfalls ich schuld! Mein Auto hatte Pappscheiben statt Bremsscheiben, hat die Polizei gesagt! Damit hätte ich gar nicht fahren dürfen!“

„Aber woher solltest du das denn wissen?“, fragt Thabo böse. „Der Dubai-Verkäufer war ein Gangster! Hast du seine Visitenkarte?“
Sipho schüttelt den Kopf. „Aber er kam bestimmt aus Hlatikhulu!“, sagt er. „Er hatte eine Plastiktüte vom Supermarkt Pick’n Pay Hlatikhulu dabei.“
„Na, das ist ja um die Ecke!“, sagt Thabo grimmig.

3.

Und darum rennt er auch noch mal zurück zu Emma.
Emma sitzt auf dem Rasen und wirft sich mit der rechten Hand Erdnüsse in den Mund. Die kleinen, die bei ihnen im Land wachsen.
„Emma!“, ruft Thabo. „Weißt du, wer der Mörderfahrer ist? Der Schuld am Unfall war?“
Emma schüttelt den Kopf und hält ihm die Erdnüsse hin.

„Sipho Godbless!“, ruft Thabo. „Den haben sie reingelegt! Mit einem Schrottauto!“
„Der nette Sipho?“, fragt Emma erschüttert.
Da erzählt Thabo Emma die ganze Geschichte.

„So eine Gemeinheit!“, ruft Emma. „Und Sipho muss jetzt deswegen vielleicht ins Gefängnis! Und nur weil ihn so ein gemeiner Dubai-Händler übers Ohr gehauen hat!“
Thabo guckt sie an. „Sind wir Detektive?“, fragt er.
Emma steht auf und steckt die restlichen Erdnüsse in ihre Hosentasche. „Wir sind Detektive!“, sagt sie. „Ngiyahamba!“

4.

Nach Hlatikhulu ist es nicht weit, wenn man läuft. Und wenn man fit ist. Und das sind Thabo und Emma ja.

„Und jetzt?“, fragt Emma, als sie an der Stadtgrenze angekommen sind.
„Ich kenne nur einen Dubai-Händler in Hlatikhulu!“, sagt Thabo. „An der Straße nach Mlosheni.“
Emma nickt. Das ist auch der einzige, den sie kennt.
„Dann nichts wie hin!“, sagt Thabo.

Der Dubai-Handel liegt ein bisschen außerhalb der Stadt an einer Sandstraße mit vielen Schlaglöchern. Eigentlich sieht er gar nicht wie ein Autohändler aus. Unfallautos und Schrottautos und Autos, die aussehen, als wären sie mindestens hundert Jahre alt, und ausgebaute Motoren und unterschiedliche Kotflügel stehen und liegen auf einem sandigen Hof, und hinter einem Gebüsch aus Pfeifenputzersträuchern hört man es hämmern.
„Und jetzt?“, fragt Emma.
Thabo legt einen Finger gegen die Lippen.
„Beobachten!“, flüstert er.

Jeder gute Detektiv weiß ja, dass bei der Aufklärungsarbeit Beobachten das Wichtigste ist. Heimlich beobachten. Ohne sich erwischen zu lassen. Wenn man Glück hat, erfährt man dann, was man wissen will.

5.

So leise sie können, schleichen Thabo und Emma sich an und legen sich hinter dem Gebüsch auf den Boden. Durch die Zweige beobachten sie, wie zwei Männer an einem Auto herumschrauben.

„Wie viel nehmen wir für das Uraltteil?“, fragt der eine. Er wischt sich mit dem Ärmel über das verschwitzte Gesicht. „Das fällt bestimmt in ein paar Tagen auseinander! 5000 Emalangeni?“

Der andere starrt das Auto an. „Alter Lupo!“, sagt er und tritt gegen die Reifen. „Jahrgang 98!“

„Was die uns aus Europa für Schrottautos schicken!“, sagt der andere. „Wetten, die dürften sie da gar nicht mehr verkaufen? In Afrika sind wir der Schrottplatz für Europa, was? Aber für unser Geschäft hier ist es ja gut!“ Er nickt. „Yebo, 5000. Bremsbeläge hat die Karre auch keine mehr! Total runtergefahren! Aber für 5000 kriegt die keine neuen mehr.“

„Cha, ich kleb Pappe rein!“, sagt der andere. „Merkt doch keiner! Und wenn sie es merken, ist es zu spät!“ Er lacht ein gemeines Lachen.

Thabo starrt Emma an. Sie sieht so wütend aus, als ob sie am liebsten auf die beiden losgehen würde.

Aber stattdessen zeigt sie auf Thabos Hosentasche. Und Thabo begreift. Sein Handy! So leise er kann, zieht er es heraus und hält es zwischen die Zweige. Dann schießt er ein Foto nach dem anderen. Jetzt kann Sipho sagen, ob einer von den Männern sein Verkäufer war.

6.

„Der da!“, ruft Sipho und tippt auf Thabos Handy. „Der ist es gewesen! Der hat mir das Auto verkauft!“
„Ruf Inspector Gwebu an!“, ruft Emma. „Sofort! Der soll die Gangster verhaften! Und wir haben dann den Beweis, dass Sipho unschuldig ist.“

Aber Thabo schüttelt den Kopf. „Wie will Sipho denn beweisen, dass er das Auto ohne richtige Bremsscheiben gekauft hat?“, sagt er. „Die behaupten dann bloß, er hat die Pappe nach dem Kauf selbst eingebaut! Inspector Gwebu informieren wir erst, wenn wir auch einen Beweis haben.“

Und im selben Augenblick weiß er die Lösung. Und Emma ist sie auch eingefallen, genau gleichzeitig, das sieht er an ihrem Gesicht.
„Los!“, ruft Emma. Sie muss gar nicht erklären, wohin. Auch Thabo ist schon losgesprintet. Zurück nach Hlatikhulu.

7.

Es wird schon langsam dämmerig, als die beiden sich wieder hinter die Pfeifenputzersträucher schleichen. „Wenn wir fotografieren können, wie sie die Pappe einbauen, haben wir den Beweis!“, flüstert Thabo. Aber Emma legt nur einen Finger gegen die Lippen. Sie dürfen sich jetzt bloß nicht schnappen lassen! Dann zeigt sie auf das Handy.

Thabo nickt. Genau wie vorhin hält er es zwischen die Zweige in Richtung der Männer, die wirklich gerade dabei sind, aus einem großen Stück Pappe etwas auszuschneiden. Und genau wie vorhin tippt er auf den Auslöser.

Aber dann ist nichts mehr wie vorhin. Wie unglaublich dumm von ihnen! Es ist doch dämmerig! Und was tut die Kamera in einem guten Handy, wenn es zu dunkel für ein vernünftiges Foto wird?

„Der Blitz!“, zischt Emma. Und tatsächlich hat es eben einmal ganz kurz taghell aufgeleuchtet. Viel zu hell.
„Was war das?“, ruft der erste Mann und sprintet schon in Richtung Gebüsch. „Wer fotografiert uns da?“
Jetzt kommt auch der zweite.
Thabo springt auf. Aus den Augenwinkeln sieht er, dass Emma das Gleiche tut. Und sie können doch beide wirklich gut rennen! Sie sind beide sehr schnell!

Aber in dieser Situation ist selbst das nicht schnell genug. Der winzige Augenblick, den sie zum Aufstehen gebraucht haben, hat ausgereicht.
„Du kleine Ratte!“, zischt der erste der Männer und packt Thabo schmerzhaft am Oberarm. Der zweite hat sich schon Emma geschnappt. „Ab in die Werkstatt!“, ruft er. „Und der Bengel rückt vorher erst mal sein Handy raus!“

8.

Dann sitzen sie in der dunklen Werkstatt auf dem festgestampften roten Sandboden. Nur durch die Ritzen in den Bretterwänden könnte ein wenig Licht hereinfallen. Ein Fenster gibt es nicht. Aber draußen ist es inzwischen ja sowieso genauso dunkel.

„Wie kommen wir hier wieder raus?“, fragt Emma. „Eish, Thabo! Das haben wir ja clever angestellt!“
„Und ich Idiot wollte vorhin nicht Inspector Gwebu anrufen!“, sagt Thabo. „Wenn wir ihm da von der Werkstatt erzählt hätten, dann würde er vielleicht hier nach uns suchen, wenn deine Mutter und Onkel Vusi uns als verschwunden melden! Aber woher soll er jetzt wissen, wo wir sind?“

„Wir sind tolle Detektive!“, sagt Emma. „Tilima! So blöd, dass man sich schämen muss!“

Thabo tastet sich schon durch den Raum, um zu sehen, ob es nicht irgendeine Möglichkeit gibt, die Tür aufzubrechen.
Aber als er versucht, die Tür mit dem Wagenheber einzuschlagen, ist das Holz viel zu stabil, und als er mit einem

Schraubenzieher zwischen die Tür und die Zarge geht, um so die Tür aufzubrechen, bricht stattdessen der Schraubenzieher.
„So leicht kriegen wir die Tür bestimmt nicht auf!", sagt Emma mutlos. „Du glaubst doch auch, dass sie alles, was in ihrer Werkstatt ist, gut gegen Diebstahl sichern. Und wo kein Dieb reinkommt, kommen wir nicht raus. So ist das nun mal."
„Genau, so ist das nun mal!", sagt Thabo. Dann horcht er auf. „Ist da eben ein Auto vorgefahren? Was hat da so gebrummt? Oh, Himmel, sind die Verbrecher zurück?"

Und er fragt sich erschrocken, was sie dann wohl gleich mit Emma und ihm machen.
Emma kichert. „Das war kein Auto, das war mein Magen!", sagt sie. „Ich hab seit dem Frühstück nichts mehr gegessen." Einen Augenblick ist sie still.

„Wenn die uns loswerden wollen", sagt sie dann düster, „müssen sie gar nichts machen. Sie müssen nur warten, bis wir hier drin verhungert sind."

Thabo horcht in sich hinein. So wie sich sein Magen anfühlt, kann das nicht mehr lange dauern.

9.

Als er aufwacht, hat Thabo keine Ahnung, wie spät es schon ist. Sein Handy haben ihm die Gangster ja abgenommen. Aber dass er einmal kurz eingeschlafen sein muss, ist klar. Sonst könnte er ja jetzt nicht aufwachen – und wieder von einem Brummen!
Thabo legt eine Hand auf seinen Bauch. Aber daher kommt das Brummen nicht. Und dieses Mal auch nicht von Emma. Die schläft immer noch. Sie schnarcht sogar ein bisschen. Aber wenn Thabo ihr das nachher erzählt, wird sie bestimmt böse und sagt, er schwindelt.
Aber wieso hat er denn dann ein Brummen gehört? Hilfe!
„Emma!“, flüstert Thabo und rüttelt sie wach. „Emma, da ist ein Auto! Diesmal wirklich! Die Gangster sind zurück!“

„Nein!“, flüstert Emma erschrocken. Sie wird ganz starr.
Und dann fällt auch schon ein Taschenlampenstrahl unter der Tür durch in den kleinen Raum.
„Hallo?“, ruft eine Stimme, die Thabo gut kennt. „Hallo, ist jemand da drin?“
Die Erleichterung ist so groß, dass Thabo fast ohnmächtig wird. „Inspector Gwebu!“, schreit er. „Inspector Gwebu, wir sind das! Die Auto-Gangster haben uns hier eingesperrt!“
„Dann weg von der Tür!“, ruft Inspector Gwebu. „Ich schieße jetzt das Schloss auf!“

Und das tut er wirklich. Dreimal gibt es einen ziemlichen Knall, dann kommt der Inspector auch schon in die dunkle Werkstatt. Aber wegen seiner Taschenlampe ist sie jetzt schon gar nicht mehr so dunkel.
„Wie haben Sie uns denn gefunden?“, ruft Emma. „Oh, danke, Inspector Gwebu!“
Inspector Gwebu lächelt. „Tja!“, sagt er und wippt auf den Zehenspitzen auf und ab.

„Gute Polizeiarbeit!“ Dass Inspector Gwebu auch immer so eingebildet sein und so angeben muss!

Aber dann holt er noch einmal tief Luft. „Ich war bei Sipho Godbless!“, sagt er. „Eigentlich, um ihn zu verhaften! Aber da hat er mir erzählt, dass ihr den Tsotsi gefunden habt, der ihm das Auto verkauft hat. Und dass er sich große Sorgen macht, weil ihr noch nicht wieder zurück seid. Da hab ich Sipho lieber erst mal nicht verhaftet und bin stattdessen hergekommen, um nach euch zu suchen.“
„Oh, Inspector Gwebu, Sie sind wirklich ein guter Polizist!“, ruft Emma.
„Aber wir sind auch gute Detektive!“, sagt Thabo. „Weil wir jetzt nämlich beweisen können, dass sie in dieser Werkstatt Pappscheiben als Bremsbeläge in die Dubais einbauen! Deshalb hatte Sipho doch seinen Unfall!“

„Und wie wollt ihr das beweisen?“, fragt Inspector Gwebu. Inzwischen stehen sie alle drei auf dem Hof. Das Mondlicht beleuchtet die Autos und die Stoßstangen und die Motoren.
„Da!“, sagt Thabo und zeigt auf ein Auto. „Der da! Dort drin müssen Sie nur nachgucken!“

„Ein Lupo Baujahr 1998!“, sagt Emma. „Da haben sie die Pappe heute erst eingebaut! Und morgen wollen sie den für 5000 Emalangeni verkaufen!“
Inspector Gwebu schnauft. Dann macht er sich an der Motorhaube zu schaffen.

„Ich bin kein Experte für Autos!“, ruft er dann. „Aber das sehe ja sogar ich! Was für Tsotsis! Mit diesen Bremsen hätte es morgen den nächsten Unfall gegeben!“ Er richtet sich auf. „Dann wollen wir mal die eigentlichen Verbrecher verhaften!“, sagt er und zieht schon sein Handy aus der Tasche.
„Oh, bitte, dürfen wir mit?“, ruft Emma. „Wo wir doch den Fall aufgeklärt haben?“
„Ja, bitte, Inspector Gwebu!“, ruft Thabo. „Das wäre doch nur fair!“

Aber was fair wäre, interessiert Inspector Gwebu gerade gar nicht. Er ruft zwei Kollegen an, mit denen er die Gangster festnehmen will. Thabo und Emma fährt er vorher noch in Lion Lodge vorbei. „Und ihr legt euch jetzt mal schön schlafen!“, sagt er zum Abschied. „Kinder gehören um diese Zeit ins Bett!“

„So ein gemeiner Kerl!“, sagt Emma wütend. „Wir haben mal wieder seinen Fall für ihn aufgeklärt, und er behandelt uns wie Babys!“

Thabo nickt. „Aber wenigstens hat er uns vor dem Verhungern bewahrt!“, sagt er. Dann macht er sich auf den Weg zu Onkel Vusi.

10.

Als Thabo am nächsten Tag nach Lion Lodge kommt, sitzt der Tourist wieder auf der Terrasse genau wie am Tag vorher mit hoch gelegtem Gipsbein. Und gerade nimmt er sein Handy vom Ohr.
„Das ist ja unglaublich!“, murmelt er. Dann entdeckt er Thabo. „He, hallo, Junge! Bist du vielleicht ein gewisser Thubo?“
Thabo nickt. „Thabo!“, sagt er.
Der Mann winkt ihn zu sich. „Das war eben ein Inspector … Inspector … Ein Inspector mit einem merkwürdigen Namen!“, sagt er.
„Gwebu!“, murmelt Thabo.

Der Mann winkt ab. „Er hat mir erzählt, dass sie den Besitzer der Werkstatt festgenommen haben, der dem Mörderfahrer das Auto verkauft hat. Und dass eigentlich der schuld ist an dem Unfall! Und dass der Mörderfahrer also in Wirklichkeit gar kein Mörderfahrer ist, sondern auch ein Opfer dieser Verbrecherbande! Und dass du das rausgekriegt hast!“

Thabo nickt.

Der Tourist holt tief Luft. „Es tut mir leid, was ich gestern alles gesagt habe!“, sagt er.

„Über den armen anderen Fahrer! Sagst du ihm bitte, dass ich jetzt Bescheid weiß und natürlich keine Anklage erhebe? Ich bin ja froh, wenn diese Dubai-Gangster festgesetzt werden!“
„Das sag ich ihm!“, sagt Thabo.
„Ja, nun werden die wirklich Schuldigen bestraft!“, sagt der Tourist zufrieden.

Erst jetzt merkt Thabo, dass inzwischen auch Emma dazugekommen ist. „Die wirklich Schuldigen?“, fragt sie. „Klar sind die Dubai-Leute Gangster, und klar sollen sie im Gefängnis verrotten! Aber …“
Thabo fällt mit ein. „Aber warum können die denn überhaupt solche lebensgefährlichen Schrottautos verkaufen?“, ruft er. „Weil solche Autos, die in Europa längst nicht mehr fahren dürften, immer noch nach Afrika verkauft werden können! Jawohl!“

Und Emma guckt den Touristen böse an. „In Ihren Ländern in Europa müssten die Menschen solche Autos ja eigentlich verschrotten lassen, aber dafür müssten sie ordentlich Geld bezahlen! Da verkaufen sie sie lieber nach Afrika und kriegen sogar noch Geld dafür! Und was hier damit passiert, ist ihnen ganz egal!"
„Emma!", sagt Thabo.
„Ist doch so!", sagt Emma trotzig.

In diesem Augenblick kommt Inspector Gwebu auf die Terrasse gestürmt und schüttelt dem Touristen energisch die Hand. „Ich wollte Ihnen doch noch persönlich sagen, dass die Polizei des Königreichs auch dieses Verbrechen wieder aufgeklärt hat!", ruft er. „Die Verbrecher werden gerade ihrer gerechten Strafe zugeführt. Auf uns ist Verlass!" Und er sieht sehr zufrieden aus.

Emma verzieht spöttisch die Lippen. „Ganz unbedingt, ganz unbedingt!“, sagt sie. „Und Sie können sich natürlich gerne jederzeit bei uns melden, wenn es mal wieder ein Verbrechen aufzuklären gibt, Inspector Gwebu!“, sagt Thabo.
Emma nickt. „Jederzeit!“, sagt sie.
Dann müssen sie beide lachen.

Worterklärungen

Bakkie: Wagen mit offener Ladefläche
Boy: Junge, aber hier die Anrede für einen Diener
Buganu: Bier aus den Früchten des Marulabaums (auch Marulabier)
Cha: Nein
Eish: Ausruf des Erstaunens
Emadloti: Geister der Ahnen
Hamba kahle: Tschüss, wörtlich „geh gut“
Lala kahle: Schlaf gut
Lion Lodge: Löwen Hotel. Das Hotel gehört Emmas Mutter Ms Wendy
Mister: Herr

Ndebele: Sprache aus Simbabwe
Ngiyabonga: Vielen Dank!
Ngiyahamba: Ich geh los, Ich mache mich auf den Weg
Ngiyacolisa: Entschuldigung! (Ich entschuldige mich)
Sawubona: Guten Tag!
Shebeen: verbotene Kneipe, in der die Getränke billig sind
Tilima: Blödmänner
Tsotsi: Gangster
Umtsakatsi: böse Zauberer
Yebo: Ja

Namensliste

Thabo Sonnyboy Shongwe: Will später mal Gentleman und Privatdetektiv werden.
Emma Chapman: Tochter von Ms Wendy Chapman und Thabos beste Freundin.
Ms Wendy Chapman: Emmas Mutter und Besitzerin des Hotels Lion Lodge.
Inspector Quinton Gwebu: Polizeichef von Debedebe.
Paki: Schuhputz-Boy in Lion Lodge.
Sipho Godbless: Ranger im Lion Park, hätte gerne ein Auto.
Sipho Joyful: Ranger im Lion Park und trinkt gerne Buganu.
Thulile: Sitzt an der Rezeption von Lion Lodge und kann sehr streng sein.
Mister Brown: Gast in Lion Lodge und ist nicht nett zu den Angestellten.

MIX
Papier | Fördert gute Waldnutzung
FSC® C014496

Originalausgabe
1. Auflage

„Ein böser Verdacht“ erschien bereits unter dem gleichnamigen Titel 2020

Druck und Bindung: GGP Media GmbH,
Karl-Marx-Straße 24, 07381 Pößneck, Deutschland Printed 2023
ISBN 978-3-7512-0237-4

www.oetinger.de